EXTRAIT DE LA REVUE DE L'EST

LIVRAISON DE JANVIER ET FÉVRIER 1864 [1]

DE LA CRITIQUE LITTÉRAIRE

LETTRE AU DIRECTEUR DE L'AUSTRASIE, REVUE DE L'EST

Monsieur le Directeur,

Vous m'avez fait l'honneur de me demander si je voudrais m'associer aux efforts que vous faites pour remettre dans son ancien crédit cette Revue qui a compté et compte encore parmi ses rédacteurs tant d'hommes distingués. L'offre de m'introduire dans une si bonne compagnie est trop séduisante pour que je ne l'accepte pas avec empressement. Comme le zèle des abonnés vous manque plutôt que celui des rédacteurs, que les principales parties des connaissances humaines sont dignement représentées dans votre recueil,

[1] Metz, bureau de la *Revue*, à la librairie Rousseau-Pallez, rue des Clercs, 14. Paris, Aubry, libraire, rue Dauphine.

et que la poésie en est à peu près exclue pour des raisons de prudence qu'il est inutile de détailler, vous avez cru flatter mes goûts en me proposant une place dans la critique littéraire. Il est bien vrai que je ne me suis jamais guère occupé d'autre chose, et que j'ai suivi en cela un penchant fort commun de notre temps. Mais vous savez que personne n'est content de son métier, et qu'on se croit toujours plus propre à celui d'autrui. De ce que j'ai écrit des articles de critique, il ne s'en suit pas que j'aie les qualités nécessaires à ce travail, et encore moins que j'aime beaucoup ce genre de littérature. J'ai au contraire sur ces deux points des opinions très peu d'accord avec le rôle que vous me destinez. Je dois vous les exposer d'abord, afin que vous voyiez si, en appelant à vous un si étrange critique, vous n'introduirez pas l'ennemi dans la maison.

Si la loyauté ne me faisait une loi de cette franchise, je n'oserais m'engager dans la voie de ces explications qui ne me promettent rien de bon pour mon repos. Je risque d'indisposer contre moi presque tout ce qu'il y a de critiques en France ; et Dieu sait si le nombre en est grand ! S'ils me lisent, je suis perdu ; « haro sur le baudet ! » Mais ils ne me liront pas, je l'espère ; mon obscurité me rend un peu de confiance. Après tout, je ne veux blesser ni dénigrer personne. Le critique dont je vais parler est un fantôme, une chimère, un rêve de mon imagination ; ce n'est ni votre portrait ni le mien ; et s'il se rencontre par le monde quelqu'un avec les qualités que je lui attribue ou les défauts contraires, c'est de quoi je ne me suis pas occupé. Dessinons donc les traits de cet être fantastique, où personne ne se reconnaissant, on ne saurait m'accuser de manquer à personne.

Je voudrais d'abord que le critique eût du bon sens, la chose du monde la mieux partagée....... au temps de Descartes. Nous sommes assez maladroits dans nos attaques ; à voir l'acharnement dont nous poursuivons le bon sens, on pourrait, si l'on ne nous connaissait pas, croire que nous en manquons. Les philosophes, les poètes, les critiques semblent avoir réuni leurs efforts pour le chasser; je tremble qu'ils n'y réussissent! Les uns lui reprochent de n'entendre point leur métaphysique, et, quand il s'y aventure, d'en déconcerter le délicat agencement par ses mouvements lourds et mal appris. Les poètes l'accusent de n'être bon, comme Chrysale, qu'à faire bouillir le pot et le renvoient dans la cuisine de Martine ou à l'école de Philaminte. Pour les critiques enfin, c'est leur ennemi personnel; ils y voient la marque de l'esprit bourgeois, de la médiocrité, de la sottise : « Silence, vous à qui la synthèse des arts échappe, et dont l'infini ne traverse pas l'âme ! » C'était pourtant autrefois une opinion assez accréditée qu'il faut du bon sens dans la critique, et Boileau, l'homme candide, en voulait même dans les chansons.

Je ne saurais vous dire la satisfaction des honnêtes gens que je fréquente, quand je leur appris, pour la première fois, que le bon sens est une des principales conditions de la critique. — « Quoi ! la chose est-elle si facile? Nous pourrions juger par nous-mêmes et sans aide les ouvrages que nous lisons? — Oui, Messieurs, pourvu que vous ayez du bon sens ; mais si vous croyez que ce soit une qualité fort commune, j'ai bien peur que vous ne soyez jamais propres à rien juger. Le bon sens que je vous demande, c'est la droiture de l'esprit, l'amour du vrai et le discernement pour le reconnaître. L'homme de bon sens tâche de fermer son esprit aux préjugés, et tient l'imagination en bride sans l'étrangler. Il est aussi capable qu'un autre de saisir le fin des choses et d'en pénétrer la profondeur ; mais il ne se paie pas de mots et veut comprendre avant d'admirer. Le domaine des sentiments ne lui est point fermé; mais il les veut sincères et naturels; il se défie des raffinements et des nouveautés qui séduisent et qui trompent. La vue de la beauté le touche, le pénètre, l'élève au-dessus de lui-même, et il s'abandonne à ce transport avec d'autant plus de charme qu'il ne craint pas de s'égarer. Chez lui la raison éclaire le sentiment ; le sentiment échauffe la raison, et de cet heureux accord se forme le goût que Voltaire définit justement « la suite d'un sens droit et le sentiment prompt d'un esprit bien fait. »

La seconde qualité requise, selon moi, pour faire acte de critique, c'est d'avoir soixante ou pour le moins cinquante ans révolus. Ce n'est pas un trop grand âge pour la connaissance des choses et des hommes, nécessaire à qui veut juger autrui. Quel poids peuvent avoir des sentences rendues par la passion ou plutôt par toutes les passions réunies dans l'âme d'un jeune homme? Il est désintéressé, j'en conviens; c'est par là que son erreur est plus dangereuse, parce que ne la connaissant pas, il ne songe même pas à se prémunir contre elle ou à s'en corriger. Un article de critique n'est pas une ode ; il y faut de l'impartialité, de la sagacité, de la finesse, de la raison surtout, qualités qu'on n'acquiert qu'avec l'âge. Sans doute il est beau de s'animer, de se passionner, de communiquer la flamme sainte de l'enthousiasme ; mais il est maladroit de s'animer hors de propos, de se passionner pour des sottises, et de brûler autrui avec le feu qui doit l'éclairer. Combien j'ai lu de dithyrambes critiques que les auteurs refroidis voudraient n'avoir jamais écrits! Le mal vient de ce qu'on prend une saison pour une autre. On juge dans l'âge de l'imagination et de la fantaisie, et les jugements qu'on porte ne sont que des caprices, charmants comme la jeunesse, mais souvent aussi peu raisonnables. Voyez les nations et la suite de leurs progrès : elles chantent d'abord, puis elles parlent, elles critiquent enfin ; c'est l'amusement de leur vieillesse, et quand on voit commencer ce radotage, mauvais signe, le génie s'en va. Pourquoi ne ferions-nous pas comme elles et ne réserverions-nous pas à nos vieux jours un sujet d'entretien? Les générations naissantes viendraient se former par nos conseils à la vie du monde et de l'art. La critique serait comme le Versailles des sages de la littérature; on n'y serait admis que sur la présentation de son acte de naissance, ou, par exception, de quelque œuvre capable de mûrir le jugement et de hâter l'expérience, poème épique ou didactique, tragédie, roman moral. Quant aux jeunes gens, on les renverrait à l'école, et chacun faisant son métier, tout irait bien; les articles de critique ne seraient peut-être pas très amusants, mais ils seraient raisonnables ou devraient l'être.

Au moins aurait-on plus de raisons de compter sur leur impartialité. Puisque vous ouvrez votre Revue à des esprits très divers, vous croyez apparemment que deux hommes peuvent être également estimables sans professer les mêmes opinions, pourvu qu'ils s'accordent sur les grands principes qui sont le fondement de toute morale et de toute société humaine? Je ne craindrai donc pas de vous dire que, dans ma pensée, cette condition de l'impartialité n'écarte pas seulement les préjugés littéraires. Je vois avec regret que nous restreignons ou empoisonnons nos plaisirs par des préventions ou des exclusions que dicte l'esprit de parti. Le domaine des lettres, que Cicéron représentait avec tant d'émotion comme l'asile des malheureux et le port des naufragés, est devenu pour nous un champ de combat où nous apportons nos passions politiques ou religieuses. Supposons que Voltaire fasse représenter de nos jours une tragédie; M. de Carné la trouvera exécrable parce qu'elle est de lui; M. Viennet la déclarera admirable pour la même raison; ils auront tort l'un et l'autre, et avec moins de préjugés, ils reconnaîtraient qu'elle n'est ni très bonne ni très mauvaise. J'oserai ajouter que les libres penseurs ne sont pas toujours en cette matière les plus intolérants. Beaucoup d'écrivains catholiques ont trouvé de zélés admirateurs dans des critiques philosophes; les exemples de réciprocité ne sont peut-être pas aussi fréquents. Il fallait, je crois, trente quartiers de noblesse pour obtenir l'ordre du

Saint-Esprit ; mais ils ne suffisaient pas d'ordinaire : on demandait encore des services et du mérite. Il y a beaucoup de critiques qui ne poussent pas l'exigence si loin. Comme je vais rarement à Paris, je ne sais pas encore si la *Maison de Penarvan* de M. Sandeau a réussi au théâtre où si elle est tombée. Aristote dit oui, Galien dit non : le vrai serait peut-être de ne dire ni oui ni non. Il serait temps enfin de relever les lettres au-dessus de cette mêlée où s'agitent les opinions des hommes. Faisons-nous difficulté de profiter des lumières qui le soir éclairent nos rues, par haine ou par mépris de ceux qui les allument ? La beauté dans les ouvrages d'esprit est un reflet de l'intelligence divine ; en quelque endroit qu'il plaise à Dieu de le faire tomber, nous lui devons au moins notre respect.

Exiger du critique qu'il sache le latin et le grec, c'est peut-être un pédantisme ; passons-lui ce point, s'il peut, sans posséder leur langue, assez connaître les anciens pour les respecter et les aimer. Qu'il ait étudié tout au moins les écrits de notre dix-septième siècle où respire le souffle pur de l'antiquité. C'est une vérité d'expérience que le goût ne se forme pas tout seul. Un écolier qui se promène à travers un poème prend tous les vers luisants pour des escarboucles, et les Chinois qui se piquent d'avoir le goût bon, font des magots bien singuliers. Cette image de la beauté divine que nous portons en nous-mêmes est d'abord quelque peu obscure ; il faut que les traits de cette beauté, aperçus par des yeux plus clairvoyants et reproduits dans les écrits qu'elle a inspirés, habituent peu à peu nos yeux à la distinguer. Or, ces écrits, ce sont ceux des anciens et des meilleurs d'entre les modernes. Je ne recommencerai pas leur éloge, car, Dieu merci, il est partout, et quand on les dénigre, c'est, je crois, un air qu'on se donne. Dans leur commerce, le critique puisera le goût de la simplicité et du naturel. Il y trouvera l'énergie sans déclamation, l'élégance sans recherche, le sublime sans emphase et un art délicat qui sait se borner et dire en toute chose ce qu'il faut, et cela seulement. Pénétré de leur mérite, il n'exigera pas que tous leur ressemblent ; mais à travers les variétés de langues, de mœurs et de génie, il reconnaîtra plus sûrement la beauté éternelle dont leurs ouvrages exposent à notre étude le portrait le plus achevé.

A ces qualités que je suppose réunies dans mon critique, j'en ajouterais volontiers quelques autres, quoiqu'elles semblent moins indispensables, par exemple d'être discret et de parler français. La discrétion a deux façons de s'exercer dans les lettres. D'une part, il s'y commet des péchés dont il n'est pas bon d'informer le monde, et je vois tous les jours un zèle imprudent donner à des ouvrages blâmables une renommée qu'ils n'avaient pas. Le silence est quelquefois plus éloquent et en tout cas plus habile qu'une protestation. Ou si votre indignation ne se peut contenir, du moins n'argumentez pas avec les mauvaises passions auxquelles l'auteur s'est adressé ; vous auriez toujours tort. Un trait de satire bien lancé en passant fera mieux l'affaire ; on dort au sermon, mais on craint le ridicule.

D'un autre côté, plusieurs critiques paraissent, en écrivant, plus occupés d'eux-mêmes que de l'ouvrage dont ils parlent. Il y a longtemps que l'auteur de Jérôme Paturot a signalé ce défaut par son feuilleton sur le serin de M. J. Janin. L'exagération de M. Reybaud est visible ; tous les critiques n'entrent pas dans des détails aussi domestiques ; mais que de fois des théories sur l'art, des vues historiques, toutes les recherches de l'esprit et de l'expression tiennent-elles la place de l'analyse que j'attends ! Nous sommes bien loin du temps où le critique se bornait à dire, ou à peu près : « Il vient de paraître tel ouvrage par un tel ; lisez-le ; j'y ai trouvé du profit et du plaisir. » Il est vrai que l'éloquence n'y trouvait pas son compte, et qu'il n'y avait guère moyen de réunir ces articles sous un titre plus ou moins modeste :

« Mélanges, Causeries de tel ou tel jour de la semaine; »
mais le lecteur avait du moins un renseignement précis. J'ai
lu beaucoup de ces volumes où je n'ai pas trouvé le même
avantage, sans en être fort dédommagé par l'agrément qu'ils
m'ont procuré.

Pour la langue, ma théorie est celle de Martine :

> Quand on se fait entendre, on parle toujours bien.

Mais ce n'est pas une chose si unie que de se faire entendre,
de ne dire que ce qu'on veut, et de le dire clairement. Il y
a tant de manières de mal exprimer sa pensée : le néolo-
gisme, l'abus des images, les termes techniques, les tours
barbares ou étrangers, défauts qui mènent tous à n'être
point entendu. La langue française est sans contredit une
des plus obscures, si j'en juge par certains ouvrages que je
comprends peu. C'est peut-être ma faute; pourtant je ne suis
pas le seul de mon avis. Il y a des critiques dont l'esprit et
la science gagneraient beaucoup à s'exprimer dans un langage sinon français, du moins humain. Mais je dois être
réservé là-dessus.

Voilà donc, Monsieur, l'idée que je me fais du parfait critique; j'ignore s'il existe; dans tous les cas, vous voyez bien
que ce n'est pas moi. Si je le rencontrais, je m'attacherais
à lui, je le suivrais partout, comme ces jeunes orateurs que
Crassus ou Cicéron traînaient au forum, pendus à leur toge.
Je l'accablerais de questions auxquelles il répondrait sans
doute, car mon admiration le toucherait. Ou plutôt je mé-
nagerais son temps et sa complaisance, et je me tiendrais
satisfait s'il voulait me dire seulement ce qu'il pense de l'effi-
cacité de son art. Car j'ai là-dessus bien des doutes; permet-
tez-moi de vous les exposer; ce sera toujours une consolation.

Je ne parle pas ici de ceux qui, vivant de la critique, y
trouvent une incontestable utilité :

> Je sais qu'un noble esprit peut, sans honte et sans crime,
> Tirer de son travail un profit légitime ;

mais je voudrais savoir si elle rend quelque service au
public, si elle l'élève vers l'art, comme elle le prétend. Car
enfin, si elle avait ce crédit, il semble que nous devrions
être les plus fins connaisseurs du monde, les plus amoureux
de l'art et de l'art le plus sublime. Jamais siècle, en effet, n'a
tant critiqué que le nôtre, et il aura fort à faire si les siècles
futurs lui rendent la pareille. Une armée intrépide garde, la
plume à la main, tous les sentiers de la littérature. Le
moindre auteur qui s'y aventure est saisi, attaqué, défendu
avec la plus plaisante variété d'opinions. Les lettres grecques
et romaines, le moyen âge et les temps modernes, la France
et les pays étrangers, ont comparu à leur tour devant cet
infatigable tribunal qui commence aujourd'hui à se juger
lui-même. M. Cousin fait une critique des philosophes de
l'antiquité et des temps modernes, car on peut dire, sans le
blesser, que c'est là le fond de sa philosophie ; M. Taine
critique la critique de M. Cousin ; un troisième...... critique
à son tour la critique de M. Taine. Le spectacle est diver-
tissant. « .... Mais qu'en dit l'assemblée ? » Quelle ins-
truction a-t-elle retirée des débats ? L'assemblée ? Elle perd
de jour en jour le goût de l'art ; non-seulement elle ne le
comprend plus, mais elle le méprise ; elle n'a pour lui que
la froideur de l'indifférence ou le sourire protecteur du
dédain. Je ne m'en prends pas de cette décadence à la critique seule ; mais elle l'eût prévenue si elle avait eu la puis-
sance qu'on lui prête. Quelques-uns ont résisté, je les
honore ; mais ils ont résisté vainement ; pourquoi ? parce que
leurs armes ne valaient rien.

La critique n'a pas de prise sur le public si elle ne flatte
ses penchants. Vous aurez beau me dire que tel ouvrage est
admirable. Je pourrai le croire avant de l'avoir lu ; mais si,
après lecture faite, mon impression ne répond pas à la vôtre,
c'est moi que j'en croirai de préférence. De même, tonnez
tant qu'il vous plaira contre un spectacle qui m'attire ; je
priserai peut-être votre éloquence, mais je rejetterai votre

morale. Pour me l'imposer, il vous faudrait une autorité supérieure à la mienne, pareille à celle que le prêtre tient de son ministère. Mais vous, critiques, en quel nom me parlez-vous? Au nom de principes que je nie, que mon siècle raille, dont peut-être vous riez vous-mêmes. Si du moins vous étiez tous d'accord pour me condamner! Fort contre vos raisons, ie céderais peut-être au nombre, et mon isolement m'inspirerait quelque défiance. Mais j'ai des intelligences dans vos rangs, des avocats parmi mes juges, des complices parmi mes accusateurs. Ils justifient mes goûts, effacent mes scrupules, endorment mes remords. Je les écoute parce qu'ils me flattent; ils sont gens d'esprit et de raison puisqu'ils pensent comme moi. Ne songez pas à me corriger; vous aurez assez d'occupation de répondre à leurs attaques. S'ils succombaient dans la lutte, je les abandonnerais bravement, et, restant ce que je suis, je les accuserais de m'avoir mal défendu. Voilà où se bornerait votre triomphe; quant à me redresser, n'y songez pas, il faudrait me refaire tout entier.

L'exemple seul est puissant sur l'esprit public. Boileau par lui-même n'eût rien pu; mais, aidé de Corneille et de Descartes, il réforma son siècle. A qui en revient l'honneur? Pourtant il prêchait d'exemple, et les leçons de ce critique étaient des modèles. Levons les yeux au ciel, et voyons si Hercule n'y paraît pas; car seul il peut tirer le char de l'ornière. Les chevaux y ont fait leur lit, ils y mangent, ils s'y plaisent. Si le Dieu nous manque, nous aurons beau fouetter, la machine n'avancera pas.

La critique peut-elle du moins hâter la venue de ce génie sauveur, le nommer avant sa naissance et l'amener par la main au milieu du monde qu'il doit régénérer? C'est l'ambition de la critique, ambition qui l'honore, mais qui pourrait bien être déçue. Il est peut-être impertinent d'affirmer qu'une chose ne se verra point, parce qu'elle ne s'est pas vue encore; mais je ne puis m'empêcher de remar-

quer que l'art a jusqu'à présent précédé la critique, et je ne
sais par quel privilége notre siècle verrait cet ordre interverti.
Homère donne des exemples du sublime que Longin va étu-
dier chez lui. C'est la marche ordinaire ; mais il paraît que
nous allons changer cela. Homère viendra à l'école de
Longin ; il écoutera de son mieux, prendra des notes, et
fera son devoir en conscience. Cela s'est vu au moins une
fois. Un critique trace les règles de l'épopée ; un poète les
met en pratique et « accouche lentement d'un poème
effroyable : » c'est la Pucelle, de Chapelain, où nous com-
mençons à trouver du bon.

C'est une chose connue que les auteurs ne lisent pas les
critiques, et ceux-ci le leur rendent assez souvent. Il faut
excepter toutefois les articles qui sont à leur louange. Je
connais un poète qui a copié de sa main, pour les faire
lire à un ami, quatre colonnes consacrées à son livre dans
un feuilleton ; mais il avait retranché le blâme. En a-t-il
du moins profité ? J'en doute. Et l'on espère convertir les
gens par des louanges qui les affermissent dans leurs
défauts, ou des conseils qu'ils suppriment ! Est-on si dérai-
sonnable de n'y point compter ?

Mais peut-être la critique découvrira-t-elle quelque génie
perdu dans la foule et que le monde n'estime pas à son
prix ? Pour moi, j'ai le malheur de ne pas croire aux
génies inconnus. J'en vois plusieurs qui ne méritent pas
leur renommée, mais aucun qui ne l'ait obtenue quand
il la méritait. Beaucoup se plaignent de l'injustice des
hommes ; mais on n'est pas tenu de les en croire, et dans
ce siècle moins que jamais on peut accuser les lecteurs
d'ingratitude. De toutes les réhabilitations qu'on a tentées,
laquelle a réussi ? qui n'avait été apprécié à sa valeur par
le jugement sommaire de la postérité ? C'est ce qui inquiète
quelques-uns de nos grands hommes ; mais ils n'y peuvent
échapper : les réputations usurpées s'évanouissent malgré
les efforts de la camaraderie ; les réputations méritées s'é-
tablissent sans aide, lentement quelquefois, mais sûrement.

Mais si la critique ne peut rien pour les lettres, en revanche elle leur enlève des talents qui peut-être leur feraient quelque honneur. C'est ici, Monsieur, mon plus fort grief. Les jeunes gens débutent aujourd'hui par un article de critique, comme on débutait jadis par une ode au roi ou un bouquet à Chloris. Une fois engagés dans cette voie, ils y persistent, les uns par goût, un plus grand nombre pour n'en pouvoir sortir. Ce qui les attire et les retient, ce n'est pas, j'en suis convaincu, le plaisir de médire. Non, ils sont au-dessus de cette passion basse ; et, ce qui le prouve, c'est que presque tous travaillent à éveiller l'admiration paresseuse du public. Mais de toutes les œuvres littéraires, la critique est la plus aisée à mal faire. L'amour-propre y trouve son compte ; on se plaît à se reconnaître un fonds d'idées que la lecture fait découvrir. On contente ainsi ce besoin si impérieux de la jeunesse de communiquer ses impressions et de répandre ses sentiments. Enfin, le travail d'invention, le plus pénible de tous, est presque nul ici, et l'on se procure, sans grande peine, le plaisir de voir son nom en grosses lettres au bas d'une page imprimée. D'autres se livrent à cette besogne par nécessité. Portez à un théâtre une pièce nouvelle, on vous demandera si vous avez un nom. Présentez à une Revue une pièce de poésie, la poésie est de mauvaise défaite, et la Revue a ses poètes en titre. Mais enfourchez la critique, il se rencontrera bien quelque petit recoin pour vous abriter, vous et votre monture. C'est le secret de beaucoup de vocations. Les uns et les autres ne prennent d'abord la critique que comme un pis-aller et se promettent bien de lui manquer de parole à la première occasion ; mais ici commence l'enchantement. C'est une remarque de Sénèque que la lecture trop prolongée énerve l'esprit ; il en est de même de la critique. On s'abandonne à ce facile travail et l'on devient peu à peu incapable d'ouvrages qui demandent un plus grand effort d'esprit. On compile, on

lit, on compare, on n'invente rien. L'esprit perd son res-
sort, l'imagination se fane, et quand on veut faire appel à
son génie, on reconnaît avec douleur que le génie est mort
ou bien malade. L'opération est complète ; vous avez votre
place au sérail ; mais quelle place, et à quel prix !

Je vous ai exposé mes doutes et mes griefs. Est-ce à dire
que je veuille bannir la critique ? Dieu m'en garde, puisqu'aussi bien je la pratique, quoique avec remords ; mais il
ne faut pas lui souffrir trop d'ambition. Elle s'est donnée
d'abord comme un nouveau genre de littérature ; elle tend
aujourd'hui à les absorber tous ou du moins à les dominer.
Disons-lui donc ses vérités avec franchise. Elle ne forme ni
ne guide l'esprit public, elle le suit, et c'est pourquoi
chaque siècle a sa critique. Elle n'inspire pas les artistes ;
elle les gâte par ses éloges, les gêne par ses contradictions.
Elle ne dirige pas l'art, elle en constate les progrès ou la
décadence. Et quand, à force d'impartialité, de science et
de goût, elle a exprimé son opinion dans un bon langage,
elle n'a encore fait qu'une œuvre secondaire, inférieure à
la moindre des œuvres originales. Vingt pages que l'on
tire de soi, vingt vers où l'on met son âme, valent mieux
que des volumes de critique.

Recevez, Monsieur le Directeur, etc.

A. ADERER.

Metz. — Typ. Rousseau-Pallez, rue des Clercs, 14.